KB162136

두 개의 수레바퀴

김 정 현 제2시집

동산문학사

알리는 글

다시 용기를 내어 봅니다.
코로나가 가져다준
안타까운 현실의
무료함을 달래보려
한번 갔던 길도
다시 걸어보고
지난 일들의 아쉬움을 보태면서
앞으로의 삶도
상상해 보며
오늘도
시간은 잠시 펜을 빌립니다.

2022. 4.

02

평범하게 살거나

03

거짓 없는 땅

04

순서가 있어

05
남는 것은 글이오

제1부

기다리면 온다

기다리면 온다

대문을 열고
행랑채를 청소하지
봄이 담장 너머로 오면
손님 맞을 준비 하고
겨울 대문 열어놓고
밖에 나가 기다린다

포근한 어머니 가슴 같은
누군지 꼭 올 것만 같은
겨울에 떠난 나그네도
둥지 떠난 새들도
저만치 강 건너에서
오라 손짓하면 금세라도

겨우내 화롯가 할매도
자리 털고 쪽문을 연다

오늘도 하루 한 다발
봄을 묶는다.

올해 봄엔

올봄엔
잔디밭에 앉을 수 있는 거지?
눈이 녹아 찬바람이 지났으니

어쩌면 꽃샘바람에
떠는 꽃잎보다
초겨울 햇살 아래
씨앗을 터는 여유로움이
많은 시간을 가져다줄지도 몰라

올봄엔
기다리지 않아도 되지?
길어도 자기 차례인걸
모른 척해도 싹이 트는걸

올봄엔
연인들 옷을 갈아입고
만물의 색도 바뀌어
바람이 불면
향기를 품어오고
그 향기는 내 마음을
또 어디로 데려가 줄까?

허수아비

여름 내내 고생했으니
이제 좀 쉬게 하지
그나마 사람 같던 아비는
비바람 태풍에
그저 몰골이 흉하구나

가을걷이 다 거두고
아비 혼자 찬바람 맞고
그동안 곡식 지켰으니
옷이라도 갈아입혀
내년 봄에 또 할 일 하지

겨울 철새 아비 보고
내년 봄에 다시 보자 하니
고개라도 저으런만
험악하게 매무새 고쳐
새라는 놈
버르장머리
허수아비 나가신다.

시작하자

솜이불 탈탈 털어 널고
창문을 열어라

아범은 삽 들고
텃밭에 가고
할매는
겨우내 담아놓은 봉지봉지
씨앗들을 찾는다

이른 봄이 내어준
춘삼월의 스물네 시간
이제 막 잠에서 깨었으니
아직 여유로움 속에서
시작을 알리며

겨우내 얼었던 울타리
봄이 열었으니
꽃피워 나비 부르고
열매 맺어
새들도 날으겠지.

시골 가서 밥 먹자

도시에선 알 수 없는 것들
버스 타고 시골 가자

툇마루에 앉아
향기는 코로 마시고
각종 나물을
큰 양푼에 비벼
숟가락이 여러 개라 금방이지

여름엔 선풍기 틀어놓고
밥을 물에 말아
풋고추 된장 찍어
점심을 때우고

가을엔
흰 쌀밥에
짭조름한 젓갈을 올리면
밥이 도둑이지

겨울엔 아랫목에서
김장김치에
수육 삶아놓고

술도 한잔 곁들이면
여기가 내가 있어야 될 곳이야.

그림 그리자

파란 하늘
도화지에 먹물 뿌리니
구름이 되는구나
먹물을 닦으려 물을 뿌리니
비가 되어 내리는구나

작은 아이
그림 그리다가
도화지를 들고 나가
햇빛에 말리니
비가 개고
작은 아이
눈물도 멈추는구나

파란 하늘 그리고픈
티 없이 맑은 아이에게
다른 색을 입히지 말아다오
깜깜한 밤을 무서워하는
아이는
초저녁
별나라로 꿈꾸러 가는구나.

꼭 그렇지만 않아

꽃이 예쁘다고
나비가 오는 건 아냐
화려하지 않은 꽃에
벌들이 더 모일지도 몰라

봄에 핀 꽃이 예쁘다고?
말라비틀어진
꽃봉오리 위에 내린
눈꽃은 아무나 못 봐

밤새 내린 이슬이
낙엽에 얼어
설탕 바른 과자처럼
계절의 달콤함은 어떻고?

봄이라고
모든 꽃을 피우진 않아
사랑도 달콤함을
이기지 못하면
눈꽃처럼
겨울 따라
먼 길 갈지도 몰라.

공생

나비가 꽃을 물면
부르르 떨던 꽃잎은
꽃가루 향기 품어
봄 손님을 맞이한다

벌이 꽃을 빨면
움츠린 꽃샘은
아낌없이 꿀을 주고
달콤함 속에 씨방을 차린다

꽃이 무슨 색이든
나비가 어떤 꽃에 날든
나비는 꽃의 색을 알고
벌은 달콤함을 안다

살피지 않아도
자연은 이치가 그렇듯
누가 뭐라 하지 않아도
그들은 움직이며
섭리를 알게 하고
공유하는 땅임을 느끼며 산다.

봄이 온다

이른 봄 새싹 돋아나니
가려 하던 동장군이 질투하네
비탈진 산그늘
녹지 않은 눈도
살얼음으로 변하고
겨울은 초록에 감동하여
다음을 기약하네

여름이 오기 전에
할 일 많은 봄 손님
따스한 햇살 맞이해야지
아지랑이도 온단다
꽃도 피어야지

문 열어놔라
할매 김매러 가면
제비도 집을 지어야지

나비 나는 유채밭엔
배춧속 같은 노랑 꽃 피고
벌들은 꿀 따러
부지런하다.

눈 오는 날

말도 없이
소리도 없다
문을 열어야 보인다

그도 그럴 것이
솜털처럼 가볍게 만
느낌은 티 없이 맑음일까
때 묻지 않은 하얀 색일까

밟으면 아플세라
뭉치면 죄지은 양
해라도 들라치면
눈이 부셔
시리도록 아픈 것은
눈 녹음이 아쉬움인 양.

겨울 산에 핀 꽃

편백 숲 사이
낙엽 속 빼꼼히
노랗게 핀 복수초

오솔길 옆
아슬아슬
누군가의 발아래
밟힘도 하지만은
폭신한 낙엽 아래
숨어 있는 여린 것이

꽃 이름은 모르지만
겨울바람 이겨내며
화려함은 아니지만
손톱만큼 작은 것이
그냥 두기 아쉬워
사진 속에 담아놓고
낙엽으로 감싸준다.

해바라기

응?
해바라기네
넌 왜 해바라기야?
해님 닮아서?
아니야
해가 우릴 낳았어

해바라기네
나 너 오늘 처음 봐
나도 그래
밤에는 뭐하니
달님이 놀러 와
밤새 이야기하다
옥토끼 내려와
내 얼굴에 박힌
알알이 박힌 씨를 세다가
해뜨기 전 돌아가

오늘 그만 가고
구름이 해 가리면 와
키가 커서
구름 사이로 햇살이 보여.

다른 계절

한겨울 차가움보다
한여름 시원함이 좋다

가을빛 붉게 물들이고
하나둘씩 떨어지는
낙엽의 쓸쓸함보다
따스한 봄의 햇살 아래
이제 막 싹이 트고
꽃봉오리 둥글게 말아질 때
그 설레임이 너무 좋다

떠난 사람의 발자취보다
지금 곁에 있는 자연이 좋다

추억에 젖어 눈 감고 있는 시간보다
생기 도는 오늘이 실감 나고
어제 먹었던 음식보다
오늘 저녁 반찬이 더 맛있을 것 같다

지나간 것들이
앞으로의 시간을 대신할 수 없기에
꿈을 꾸는 시간에도
오늘이고 내일이고 싶다.

비 오는 날

추적추적
비 오는 날
원두막 주인은
어디 갔을까

주렁주렁 열린 수박
단맛이 그리워
세찬 비에 "쩍"
갈라져 버릴 것만 같은
탐스럽구나

저 멀리 빗속에 우장 쓰고
"누구여?"
거 큰 놈으로 하나 따
집에 가 깨묵어
비 새서 앉을 데도 없어
장마라
수박이 달지 어떨지는 몰라.

봄이 여름에게

겨우내 잠자는 만물을 깨우고
봄은 싹을 틔우고
꽃을 피웁니다
졸리는 눈
나른한 몸을
봄바람에 씻어내고
부지런하게 일을 합니다

다가오는 여름에게도
자기가 가진 것을
싱그러움 자체로 물려주고
여름이 또 다른
많은 일을 할 수 있도록
해와 달과 별
아낌없이 물려주려 합니다.

우포늪

촉촉한 창녕에 가보자
물가 왕버들
나른함에 가지도 늘어져
물속에 잠겨 있구나

나무배 타고 노 저어 가면
우렁이 할매도 만나고
도롱뇽 개구리알도 보인다

계절마다 철새가 바뀌고
해묵은 우포늪
팔뚝만 한 잉어며 붕어 잡는
어부님 지금도 그물 치시나

어탕이며 어죽 끓이신
할머니
우렁이 된장국도 일품이지요
우포가 내어준 고귀한 유산
지킴이 역시 영원하여라.

이것이 봄이다

먼지만 살짝 털어내고 먹어도
쌉싸름한
나물을 먹고 싶소
살짝 데친 머위와 두릅은
초장 있어도 담백하고

봄은 바람이 입맛이고
햇볕이 양념이요
봄의 햇살은
눈이 부셔도 보고 싶고
아직은 찬바람이어도
얇은 옷으로 맞이하고 싶소

그저 그만큼 견뎠기에
강한 땅속의 기운으로
겨우내 추웠던 기억으로
따스한 이불 같은 새싹들로
드디어 자기 할 일을 찾았을 때
잠시 쉬라 함이 부끄럽다.

공기가 맑다

기차를 타면
도심은 건물이 많아
쉽게 달리지 못하는 것 같다

버스가 도심을 빠져나오면
시커먼 연기를
내뿜지 않는다

에어컨을 켜도
아스팔트는 뜨겁고
시골길은 창문만 열어도 시원하다

엉덩이가 들썩거려도
거름 냄새나는 공기도
공장 굴뚝 검은 연기보다
숨쉬기가 수월하다.

나무야

나무야 널 만지면
내 손에 공기가 흐를 것만 같다
나무야 널 안으면
내 몸에 물이 흐를 것 같아

네 몸에 등을 대면
수액이 등을 흘러
목마름을 해소하고
금세 땀이 말라버리고
내가 네 그늘 밑에 있구나

숨을 쉬어 머리가 맑아지고
바람이 불어
오래전 무거운 짐이
날아가 몸이 가볍다

새가 둥지를 틀어
알을 낳는구나
네 무성한 푸른 잎으로
비바람을 막아주렴
겨울에 다시 와 꼭 안아줄게.

계절 사이

봄은 모진 겨울을 털고
많은 것을 주려 함을
당신은 인정하오

낮과 밤이 지켜보건만
각기 모습이 다른 것은
거꾸로 달린 고추 같소

꽃망울 맺은
아직은 바람이 무섭게 느껴지는
어린 것을
나는 두 손 모아 빌며
그저 욕심 없이
그 누구도 꺾지 않은
아름다운 꽃으로 탄생하기를……

여름이 오기 전
봄은
자기만의 소중한 것들을 모아서
녹음 속에 숨겨두리라.

흙

삶 속 모든 고뇌, 미련
그리 좋지 않은 것들은
땅속에 묻어버리고
앞으로 살아가야 할 너는
자연으로 돌아가
사심 없이
사계절 주는 대로 살며

썩는 것들은 땅속에 묻고
피어날 것들은
땅속의 정기를 받아 생명을 키우고

벗과 사랑하는 사람들은
자연을 오가며
하늘과 땅의 중간에서
그래도
땅을 밟고 서 있기에
고마움을 알고
땅속에서 태어난 것들의
고마움을 알게 한다
지금껏 모진 욕심도
땅속에 묻어버려라.

아프리카 수리

깎아지른 높은 절벽
저만의 알을 품고
하늘을 지배하는
지옥의 사자 같은

날갯짓 한 번이면
백 리를 갈 듯
눈은 흡사 망원경이라
하늘을 나는 우아함은
그 무엇에 비교할까

날카로운 발톱
단단한 부리는
한번 움켜쥔 사냥감을
놓칠 일 없고
땅 위의 모든 생물을 떨게 한다

상승기류 한 번이면
까마득한 상공에서
오늘도 바람과 함께
사라지는구나.

제2부

평범하게 살거나

평범하게 살거나

논고랑 밭고랑 사이 오가며
욕심 없이 살고자
그저 여운 날 바람 불어주고
겨울에 따스한 햇살이
내겐 얼마나 큰 소망이고

풀뿌리 캐 죽을 쑤어도
사심 없이 살고자 하나
여태껏 부린 뚝심은
장작불 연기에 사라지고

도심에 살았던 날
머리는 천둥 속에 뒹굴고
마음은 어디 갈 곳을 잃으니
나는 누구인지도 모르고
아무도 내게 알려주지 않음을
이제 놔라
언젠가 찾을지 모를
옛 그들과의 생활을…….

부모님 마음

호수에 비추인 달의 영롱함은
천 번을 닦아도 보이지 않는
어머니 속마음이어라

천둥 벼락이 내려쳐도
변함없는 바위처럼
우직함이
아버지여라

낳은 정은 천륜이요
기른 정은
어머니의 뼈와 살이지

잠시나마 자식의
어리석음은
가슴 속으로 흘렸을
부모님의 눈물 강이어라

깊은 주름 속에 숨겨진
마르지 않는 샘물은
정녕 당신은
목이 말라도 자식 생각에
한 모금이 아까웠으리라.

고향에 간다

추억이 많을 것 같은
발길 닿은 곳은
고향이 숨 쉬고 있지
머무는 곳엔 이야기가 숨어 있지
구석진 곳 거미줄도 정겹고
말라비틀어진
벌레도 같이 살았지

공동 우물 샘 찾아
물 한 모금 마시고
마을 어귀 돌아
뒷동산 오르면
진달래 따 먹고
머리카락 보일라
숨바꼭질하다
어둠이 밀려오면
쪼르륵 배고픔에
저녁 준비하시는
엄마 생각나
집에 돌아가
숙제하던 시절

그 고향에 간다.

지금은 다르지

어렸을 적
엄마 젖이 최고라는 걸
나중에 알았지
보리밥이어도
배만 부르면
내 생일인 줄 알았지

남이 만든 음식 먹을 때쯤
일하며 배고픔을 느끼지
음식 투정은 사치야

애들이 커서
밥상에 앉으면
어른 반찬은
하나둘 사라지고
애들 반찬이 늘어나지
그래도 먹어야지
생존 법칙이야.

어머니 가시는 길

어머니
우리는 굽은 허리를 봅니다
다섯 남매 삼 년씩
십오 년
내려놓으면 울까
업고 밭매신 어머니

무릎은 왜 휘었는지요
오 남매 등에 업고
혹여 배고플세라
멀리서 물길어 오신 어머니

누구 하나 서운할세라
가슴 속에 수백 만개 간직하고
하나둘씩
고루 나누어주신 어머니

미쳐 못 주신 정
말 못 하신 고통
그것도 저희에게 나누어주시고
가시는 길
국화꽃 향기도 품고 가소서

바라옵건대
이젠 편히 잠드소서.

이젠 쉬세요

편히 쉬어가려 하니
등이 쑤신다
말이야 쉽지
많아진 나이는 어렵다

일 그만하고 쉬세요
말이야 쉽지
한 발짝만 나가봐라

장작불 군불 때고
그나마 한가롭지
새싹 돋아나기 시작해봐라
엉덩이 붙일 시간 있는지

나이가 어렵지
내 천직이 뭣이더냐
쉬엄쉬엄하다 보면
먹거리가 천지구만

일손 놓고 방구들 짊어지면
막상 느그 놈들 걱정이지
편히 쉬려 하니

논은 내 발걸음 소리만 듣지
밭은 풀밭인지
콩밭인지 몰라.

음력 이월 이십팔일

어머니 첫 기일이요
첫 제사 때면
딸들이 울더구만
오 남매나 낳아놓고

상 차리고 촛불 불붙이고
대문도 열어놨소
어머니 좋아하신
생선도 올리고
영정 옆에 아부지 영정도
나란히 걸었소

사정 있어 못 온 자식들
용서하시고
그나마
셋째 아들 며느리
성심껏 올리니
노여움 푸시고
많이 잡수시고
영면하소서
가시는 길 편하시라
밤새 불 켜 놓으리다.

옹골찬 놈

한 줄만 당겨도
여럿이 따라오는 것이
어머니 바람 같은 그득함이지

치마폭 감싸 기를 때
등에 업은 놈
땀에 젖어 모시 적삼 흥건할 때
볼거리든 홍역이든
살아만 다오 기도하고

쬐깐한 놈들이
대문 열고 줄줄이 들어올 때
그 무엇이 옹골찰까

어찌 지 놈들만 오랴
장가들고 시집가
지 새끼들 업고 들고

대문 하나 열어놓으니
금쪽같은 우리 새끼들
줄줄이 들어오니
시골마당 그득하여
옹골참이 극치로다.

버려진 항아리

어머니 아끼던 항아리
장이든
고추장이든
담가 놓으면
마법처럼 맛있게 해주던

봄이면 지푸라기 말아
물 붓고 씻어내던 항아리
이젠
당신도 늙어 힘들어합니다

콩을 심어야 장을 담지
밭을 매야 콩이 열지
가마솥에 콩을 삶고
메주는 매달아 띄워야지

곰팡이고 소금이고
엄마 손맛 그리워진
된장국이며 청국장
이젠 하나둘
비워진 항아리.

소

소가 웃는다
아침 먹고
낮엔 되새김질하며
큰 눈은 정이 잔뜩 들어있다

나 어릴 때
소달구지 타봤지
쌀가마 신고
침 흘리며 힘들어하는 소

산비탈 농사며
드넓은 논 갈고
해 넘어 집에 와
모락모락 소죽을 먹는다

자기가 누구인지 모르고
풀이며 사료 먹고
많은 걸 내어준 소
그래도 요즘은
농촌에 살고 싶을지 몰라.

밤마실

밤마실 나가세
달빛이
구부렁길 환하게 비추고
혼자는 외롭다고
그림자도 만들어주지

시샘하는 듯
별들은 저마다 반짝이며
자기 별이 크다고
별빛도 아름답다고

풀잎에 맺힌 이슬은
별빛에 영롱한 구슬을
푸르름 흐르는 강물은
달빛에 눈이 부시네

달빛 등지고 돌아오니
나는 둘이 되었고
졸래졸래 강아지도
자기 그림자 따라
뱅글뱅글 돌며 논다.

나의 노래

내가 따라 부를 수 있는
노래가 좋다

옛 수난 시대
사랑보다 너무 슬퍼
한이 많던 시절
우리 어머니 흥얼거리던 노래

모닥불과 기타 소리
한밤중 여럿이 부르는 노래도 좋다
가사를 다 몰라도
밤에 부르는 합창이라
틀려도 몰라서 좋다

나이를 먹어도
옛날 부르던 '오빠 생각'
이라는 노래를
내 스스로 불러도
눈시울이 뜨겁다.

상어

북망산천 어드매뇨
가도 가도 끝이 없네

종이 접어 하얀 국화 달고
새끼 꼬아 나무를 묶어
너른 자리 마련하여
가신 임 모셔놓고
열댓 명이 매고 가네

붉은 꽃 하얀 꽃
산길 돌아 뿌려지고
딸랑딸랑 종소리는
가신 임 걸음걸음
부디 천당 점지하사
우리 영감 부탁하오…

뒤따르는 상주님은
내 삭신도
무덤에 발 걸쳤으니
같이 데려가라 통곡하건만
생전에 불효함이
눈물로 해소될까

가신 임은 대답 없고
상여는 떠나가네.

그리운 어머니

어머니!
도시락 반찬이
장떡이라니……
창피하던 그때가
부끄럽습니다

아욱국 끓일 때
된장은 얼마나 넣어야 하나요?
간장독에 메주는
언제 건지며
간장은
손 없는 날
달여야 하나요?

그리운 어머니
당신의 손맛이
너무 그립습니다

가마솥 누룽지
땅속의 묵은지
사무치게 밀려오는 것은
집안 곳곳에 묻어 있는

미처 가져가시지 못한
정 때문입니다.

사랑할 나이

네 나이 마흔
너는 스스로의
부모이자 자식이다
알 품은 닭처럼

이제 사랑을 해
네 거야
골목길 지나면
어둠도 걷히고
빙판길도 없어

이미 익어버린
네 몸과 마음은
세월도 어쩔 수 없어
너는 네 스스로의
인생이고 삶이야.

나 어릴 적

전쟁놀이할 때
작대기 총으로 맞고
아파하며 쓰러졌지

땅따먹기하고
자치기도 하고
지지 않고 오래 남아
밤 되어 돌아왔지

힘든 농사일 버리고
객지 나가
오랜만에 와보니
친구들은 보이지 않고
고장 난 농기계
비어버린 초가집
옛것만 남았구나

까까머리
부스럼 난 놈
툭하면
바지에 오줌싼 놈
서울가 잘살고 있을까?

큰며느리

며느리가 사고 쳤다
둘째를 가졌단다
초은이 때도
입덧이 심하더니만

내심 기대는 하지만
걱정이 앞선다

지혜가 아들을 낳았다
며느리가 해냈다
큰며느리가
학준이라는 아들을 낳았다

초은이는 동생을 보고
나는 손자를 보았다

간소한 돌잔치가 아쉽다
이상한 바이러스 때문에
자주 보지 못하고
영상통화만 한다
"하 비~"
도금 더 자라면 "할아버지~" 하겠지

그래도 좋다
내 가족이기 때문에 좋다.

그립다

엄마 젖을 빨다가
잠이 든 아이를 보고 싶다
젖냄새에 파리도
티 없이 맑은 애기 얼굴에
감히 앉지 못한다

우윳빛 얼굴에
하얀 저고리까지
선녀가 내려와
하얀 리본을 달아주고
요람을 지킨다

엉덩이 내놓고
기저귀 갈 때
내 아이든 아니든
나도 한번 갈아보고 싶다

정작 내 아이들은
생활에 지쳐서 하지 못하고
지금도 아이들이
너무 예쁘고 보고 싶다.

둘째

둘째 아이의 여자친구
아담한 여자

예비 며느리
죽녹원 왔지
대나무 아래 은주는 너무 귀엽다
죽순처럼 여려도
꽃처럼 예쁘다

둘째 며느리
먹구름 끼어도
아침 해가 뜰 것 같은
해맑고 솔직한
작은 거인의 마음이다

세 번째는 없기에
첫째와 둘째만으로도
우주에 가득하다

그득함과
참신함이 나에게 주어져
더이상 뭘 바라겠나.

일

아야
엄니 품앗이 갔다 올랑께
걸레 빨아 방 한번 훔쳐놓고
학교 댕겨 오니라

열댓 간에 품을 앗아놔야
우리 모도 숭궁께
지들 아부지는 소 키움서
논 갈고 밭 갈고 바쁜게

모 숨고 나믄 또
놉 얻어서 콩밭 풀 매야제
징그러 아조 그놈의 일
뙤약볕 아래
하늘이 노래

그놈의 깔따구는 얼매나 많은지
하루만 산다드만……

한 스무날 밭매고 다니느라
호맹이가 다 다라져부렀네
장날 하나 사야겠네.

그곳에 가고 싶다

젊었을 때
마르고 단단한 땅에
집을 짓고 싶었지

지금은 그곳에
꽃과 나무를 심고 싶다

검은 아스팔트길 보다
먼지 나는 신작로를 걷고 싶은 건
이정표가 없기 때문이다

낡은 다리가 있어도
바지 올리고 냇가를 건너고 싶은 건
같이 건너던 소녀도 그립고
다리가 없었던 시절도 그립다

고향의 집
개 짖는 소리에 잠 못 이루어도
맑은 공기와
따스한 아랫목은
새벽이라도 기어이
나를 잠들게 한다.

그 시절 그 밥상

보리밥에 된장국
쌀밥에 굴비 한 마리
지독히도 긴 보릿고개
설에나 쌀밥 먹고
추석에나 김에 밥 싸 먹었지

보리밥에 물 말지 마라
입안에 뱅뱅 돌아
찾아 씹느라 배고프다

할아버지 생신 때나
소고깃국에
건더기 두어 개
국물은 기름투성이고
김은 한 사람당 한 장

세월이 흐른 지금
삼삼오오 차 타고 멀찌감치
보리밥 먹으러 간단다

보리밥에 열무김치
고추장에 비비고

옛날 먹기 싫던 보리밥
지금
맛으로 먹나
추억으로 먹지.

머물다 가는 곳

쌀을 씻고 물을 부어
불을 켜야 밥이 되지
맛이야 있든 없든
맨밥으로 먹을쏘냐

가을 맛 겨울 밥상
봄엔 바람이 반찬인가
물은 많으니
여름엔 걱정 없었지

가까이 가려도
보여야 가지
매무새는 딴판이어도
속 영글은 들었구나

사랑이 무르익음은
꼭 가을이어야만 하나
맨바닥보다
꽁꽁 언 얼음 위에
팽이는 쉬지 않고 도는 것을

사랑이 머무는 곳엔
파릇파릇 봄나물이 생각나고
새로 만든 둥지에는
알이 몇 개나 있으려나.

세월의 흐름

달력을 넘기다 보니
계절이 바뀌고
해를 넘기다 보니
내 나이가 바뀐다

황토 구들장에 불 때어
아랫목에 몸을 파묻고
푸른 숲을 향해
숨 쉬고 싶다

나이테를 파내고 싶지만
살아온 세월이 없어지랴
벽에 기대기보단
아내라는 식구에 기대어
삶이 편할 것 같은 나이
잔소리는
지저귀는 새소리인양

순간순간들을 중히 여겨
자루에 넣고
이제 뛰기보다는
느슨한 걸음걸음으로

이왕이면
혼자보다는
둘이 손을 잡고서.

내방가사

옛
여성들의 삶의 희로애락
말 못 할 사연들을
글로써 표현하고
선뜻 어디 하소연할 수도 없어
안타까움에 하나하나
족자에 적어둔 글들이다

그 속에 얼마나 많은 사연이
여성들이 삶의 테두리 숨어 있다

이해할 수 없는 것
방에 묻혀 알 수 없는 것
볼 수 없어 안타까운 것

여필종부 속에
움츠린 옛 여성들
"내방가사
보러 가세."

제3부

거짓 없는 땅

거짓 없는 땅

땅은 거짓 없는 마술사
코로 냄새를 맡아
흙냄새를 알아야 하지
살포시 깨어있어야 흙이지

씨앗을 뿌려보면 알아
가랑비라도 오면
땅속에서
지금 나갈까?
비 그치고 해 뜨면 나가자

너는 뿌리를 주니
나는 잎을 주지
오늘 주인님 발걸음 소리 들었니?
벌써 왔다 갔지

내일은 벌레도 잡고
잡초도
뽑아달라 하자.

조그만 암자

바람과 풍경소리
시간이 존재하지 않는 듯
조용함
잃을 것이 없을 것 같은
공허함

미움이 있어도
용서할 것 같은 고요함
낮에는 새들이 울고
밤엔 스님의 목탁 소리만

조그만 암자
내가 있어도 보이지 않을 것 같은
숨만 쉬어도 죄스러움에

다음에 오면
나이 든 스님이 보이지 않을까
오래 묵고 싶은 바위틈 암자

새소리, 풍경소리
묶어놓고
오래오래 간직함은
죄가 아닐듯싶다.

강

종이배 접어
물 위에 띄우니 가지 않고 뱅뱅 돌아
물이 운다
보가 막혀 싣고 갈 수 없으니
종이배 갈 곳 없어
물이 운다

구르는 돌엔
이끼가 끼지 않는다고 하거늘
물이 흘러야 돌이 구르지

갈대가 운다
물이 막혀
새들이 둥지를 틀지 못하니
물소리도 고요하다

물고기가 운다
강기슭 알을 낳으려니
보가 막혀 오를 수 있나
안타까움에
그를 본 강이 운다.

구름아

바람이 불지 마라
삼복더위 햇살 아래
콩밭 매는 아낙네들
그늘이라도 만들어주게

나는 구름이어라
뙤약볕 아래
땀 흘리는 농부님들
해라도 가려주게
바람이 불지 마라

먼지 폴폴 나는
신작로
땅이라도 적시려나
가랑비라도 머금은
구름이라면
바람아 불지 마라

정자나무 아래
할매 할아버지
담소 나누시면
그때
바람아 불어다오.

귀소본능

수초 속 숨어 살다가
돌 밑 파고 들어가
가엾은 물고기여라

어쩌다 고마운 신랑 만나
신방 찾아 헤매다
물 맑은 상류 바위틈에
아기방 꾸미려고 하나
강둑이 너무 높아
오를 수 없네

강 하류 몸 풀자니
쓰레기 더미이고
바다로 나가자니
가다가 지쳐 송장 되겠네

오랜만에 좋은 신랑 만나
해로하려나 기대하거늘
새되어 날아갈거나
사람 되어 걸어갈거나

물속 사는 나는

어찌 숨 쉬고 살거나
그 와중에 제방엔
낚시꾼 미끼를 끼우네.

해녀

물개처럼
들어가더니 나오질 않아
파도는 거세게 몰아치는데

망태기 끌어 올리면
바다가 한가득
까만 고무 옷
깊은 바닷속
갈구리로 잡아 올린
해삼, 멍게, 소라, 미역까지

남편은 배 타고 나가 오지 못하고
남은 자식 키우자니
어찌 파도가 겁나랴

나이 들어 몸놀림은
낡은 배처럼 삐걱거리고
숨소리마저
갈매기처럼 끼룩거리니

파도와 싸운 나이
원망 따윈 사치이고

건강이나 지켜주면
용돈일랑 걱정 없지.

사진

사진에 담으면
간직할 수 있으려나
순간 멈추어버린 것이
너무 아쉽다만

오랜 앨범 찾아
옛날 사진 보면
좀 더 크게 놔둘걸.
빛바랜 사진들이
멈추고 있음은
내가 그때 지금의 나인지
사진 속의 나는
나를 닮은 옛 시절인지

사진에 찍힌 웃는 모습을
지금도 다시 할 수 있을까
그곳이 어디든
지금 가서 다시 찍으면
내 모습이 그 자리에 있을까
발자취 따라
큰맘 먹고 가볼까?

설악산

투구꽃 깊숙한 곳에
꿀을 빠는 벌도
간간이 쉬어가는 짐꾼도
울산바위 장엄함에
하늘마저 숙연해지고

폭포 따라 떨어진
빨강의 단풍잎
성난 황소처럼
우직하고 광활한 설악산

가을이기에 더없이 아름다운 산
그 빛 그 형상에
내 마음도 물들어
씻어도 오색단풍일 것 같은

각자 있는 대로의
산이 간직한 모든 것들이
누구 하나 빠짐없이 어우러져
그 큰 산을 이루었으니
아낌없이 영원히
아름다움을 내어주리라
흐르는 기상과 함께.

지리산

산이 우러러보는 산
광활한 등성이마다
신령님이 있을 것 같은

깊은 골짜기마다
물을 간직해
섬진강을 만들고

기암괴석
하늘을 찌를 듯
끄떡없는 무게를 짊어진
지리산

언제든 시간 나면 오라고
오랜 세월에
구불구불 넝쿨 같은 길
비바람에 음북듬북 바위길

수십 번의 땀을 닦아내고 만난
하늘과 가까운 노고단

지리산 정기 받아
배낭에 담고
아래로 아래로 내려와
금모래 깔아놓은
섬진강에 몸을 쉬게 한다.

멸치

그물코마다 박혀 있구나
은빛 봄 멸치
그물 털어
멸치는 바닥에 떨어지고
은색 비늘은 옷에 붙어
몰골이 비늘 갑옷이구나

구이, 튀김, 회, 전골
먼저 구워 먹어보자
손가락만 한 것이
바다를 통째 가져왔구나

튀김은 또 어떻고
기름에 머리까지 튀겨
씹는 소리는 파도 부서지는 소리지

회무침은
작은 것이 맛은 온통 바다야
뼈까지 씹으면
초장맛 보다 고소함이야

멸치 전골은
종합세트야
멸치가
술을 부를지 몰랐어.

금성산성

아름답다 가 보라함은
산성에 예의가 아닐세

노령산맥 끝자락
적군 침략 방어하사
바위들을 올려 쌓고
남도를 지켰거늘

억새 만발한 평지 위에
우뚝 솟은 바위산
조상의 땀이 이끼가 되고
피눈물은 적벽이 되었구나

깎아지른 적벽 위로
쌓다가 지친 몸은
돌처럼 굴러내려
하얗게 핀 넋이 되어
바람에 울부짖어
돌 하나 하나에
여한을 불어넣고
영원히 지키리라

봉우리 봉우리
기백 넘친 투구 씌워
떠도는 영혼들을
굽어살펴 달래는구나.

별을 봐

별똥별이 떨어질 때
여름은
날 밖으로 내보내고
밤하늘 별을 보게 하지요

더위에 잠 설치고
장시간 기다리면
부는 바람이 구름을 밀어내고
구름 속에 숨은 별도
나는 찾아서
크고 밝은 별만 골라 셉니다

긴 밤 겨울이나
꿈을 꾸고 있는 순간에도
하늘을 보지 않을 땐
별들이 무슨 얘기하고 있는지
작은 별들은 어디 숨어 있는지
몰라 너무 아쉽습니다

아침잠 깨어 일어나면
내 편인 양 말해줄 것 같은
해님도 입 다물고

달님은 수줍게 먼 곳에서
그림자만 남겨놓습니다.

바람아

산을 오르다 넘어져
흙투성이 되어도
산꼭대기 오르니
바람은 내 몸 먼저 털어내지요

고통스러웠을 느낌에
바람은
내 마음에 하얀색만 남기고
구석구석의 먼지와
내 몸의 둘둘 말린 멍석을
산 아래 멀리 날려버렸지요

마음에 샘을 파고
맑은 물을 담아
아침마다 물동이에 퍼
양식을 채우고
나 하나만으로도
남의 배를 채울 수 있다면
열 번이고
스무 번이고
물동이를 매고
바람 부는
산을 오르리다.

산이 거기 있어요

너는 왜 지친 몸을
산에 기대려 하나
높이 솟아
비바람 심하게
군데군데
바윗돌 안에 버티고
누구 하나 방패가 있나

사시사철 맑은 공기 만들고
산 허리춤에 숨겨놓은
약초마저 내어주니
난들 미련하게 말 못 하나

나는 산이요
누군들 품지 않음은
난들 어이 편하겠소

악산이든
성산이든
태곳적부터 지킨 날 밀어내면
내가 어디 가겠소.

느긋한 생활

세로로 살지 마
가로로 살아
가시덤불 치우던 사람도
힘들다 그만두고 없어

땀 난다고
솜이불 걷어찰 땐 언제고
이젠 국물도 없어

막사는 놈치곤
순진무구한 놈
영혼이 무지하게 맑은 놈
머릿속이 때 묻지 않은
백지 같은……

공부라곤 담쌓고
차려놓은 밥상에
숟가락 들고 기어 오는 놈

조금이라도… 남은 인생
뭐라도 남기고 퇴근해
네 이름이라도
남들로 하여금 생각나게 해.

소중한 것들

연필 한 자루
잉크 한 방울만 있어도
당신을 사랑하고
인생을 이야기할 수 있소

나에게 용기를 주시면
희망의 울타리를 치고
떠나려는 것들을 모두 담아
땅속 깊이 뿌리 박고
하늘 높이 솟아올라
탐스런 열매 맺어
온누리가 나눌 때까지
울타리를 지킬 테요

연필이 닳아
쓸 수 없으면
잉크 한 방울
하늘에 뿌려
온 세상을 생기로 물들이고
이불 삼아 덮으리다.

그때를 아시나요

어디 시골살이가 만만하던가
중학교 다닐 적만 해도
육성회비 밀리고
어디 군것질 생각이나 해봤나
그 흔한 뽀빠이 한 봉지 라면땅 하나
남이 먹는 것 바라보다
방앗간 들러 쌀 한 주먹 훔쳐 담고 오독오독
씹어먹고
집에 오면 식어 빠진 칼국수 김치에다 욱여넣고
배 깔고 숙제하면 품앗이 갔던 어머니 돌아오시고
사방 울력 가신 아버지 오늘도 한잔 거나하게
잡수셨네

강 둑막이 보 공사 울력 가면 하루 밀가루 반 포대
허리 휘도록 시멘트 공구리하며 그나마 교대로
일감을 주니
와중에 학교에서 혼합 곡 먹으라 도시락 검사하고
부잣집 애들은 쌀밥에 보리 섞어 검사받고
가난한 애들은 보리가 너무 많아 흔들면 소리가 나요
그나마 도시락도 못 싸 온 애들이 열 명도 넘어
학교에선 옥수수빵을 급식으로 주었지

교과서는 성한 것이 없어 온통 김칫국물로 물들어
냄새가 나고 난로 위 도시락에선 소여물 냄새가 나
왜 그리 살까
새마을 운동 한창일 때 초가지붕 걷어내고 스레트
씌우고
차라리 삼시세끼 해결한다고 자원해 군대 가고
그나마 군대 못 간 형들은 밤마다 술타령에 화투 놀이
외상값은 언제 갚으려고
고기 먹고 싶으면 이웃 동네 닭 서리해 먹고
오리발 내밀고
남의 수박밭 망쳐놓고 돈 물어주고
고등학교 가면 좀 나아지려나
삼촌 입던 교복 받아 바지 자르고
윗도리는 손을 못 대니 그대로 입어 반코트가 돼
바지는 너무 잘라 발목이 다 보여 내 모습에 난
웃지도 울지도 못하고
어디 여학생 곁에나 서보겠나 창피해서

공부는 뒷전이고 밤마다 연애편지에 공들이니
아침에 늦잠 자서 지각하기 일쑤지

시험 보는 날은 일찍 끝나 좋아
공부를 커닝처럼 했으면
연애편지 공들인 것처럼 시험공부 했으면

졸업식 날
뭘 그리 대단하다고 밀가루 뒤집어쓰고 거리
활보하고
죽통에 졸업장 달랑 꽂아 들고
또 여학생 만나러 간단다.

옛 모습

아스라이
구분구분
옛 모습 떠올리며
얼굴을 그리지만
차마 눈은 그릴 수가 없구나
방울방울 영롱한 눈망울을
어찌 그림으로 표현할까나

찢어져 버린
너와의 추억들을 되살리며
그곳에 가면
덩그러니 오두막만 서 있고
걸었던 오솔길은
잡초에 묻혀
이름 모를 새들만 날으고
스산한 바람은
그리움과 함께
옷깃을 스치고 지나가
다시는 오지 않을 것처럼
기억마저도
달아나는구나.

갈수록 태산

퉁퉁 튀어 오르듯
나이는
계절마다 먹지 싶다
굴레도 뚫지 못한 듯
땅거미가 밀려와도
해는 쉬지 않는다

허나 한잠 자고 나니
묻지도 않고 가버린
날들은
한 계절 나이를 먹는다

죽어라 비탈길 오름은
쉬어가도 끝이 없건만
정녕 내리막엔
숨 쉴 겨를 없어

이젠 하루하루가
주름을 만들고
바람조차도
쉬어가질 않는다.

누가 만들었나

이름 모를 잡초들이
어쩜 약초일지도 몰라
누구라 할 것 없이
자르고 뽑아내고
그들의 모습을
우리가 만들었을 거야

식물을 먹으려는 벌레도
병을 막으려는 약들이
이젠 필요 없고
스스로 없어지거나
마음대로 태어나
공존하는 시대

어쩌면 비가
땅속에서
솟아오를지도
사계절이 하나만 남아
어쩜
커다란 노아의 방주를
만들어야 할지도 몰라.

제4부

순서가 있어

순서가 있어

전령사가 말하길
물 끓는다 가마솥
뜯을 게 많으니
쑥을 캐놓고
돌미나리를 뜯어
냉이도 찾아라
개나리꽃은 먹는 게 아냐

물 끓는다
향기 많은 순서대로 넣어봐
봄은 넣지 마
아직 다 오지 않았어

배 타고 나가
멍게를 따고
도다리도 잡아
어부는 봄바람 타고
항구로 돌아오고
도다리국에 소주 한 잔
봄은 참
할 일도 많고
향기도 많아.

이젠 울지마

네가 울고 싶을 때
아무 말 하지 않을래

네가 울고 있을 때
저만치 가 오지 않을래

혼자만의 슬픔은
외롭지만 감수해야 돼
나랑은 아니라고 말하면
넌 거짓말하고 있는 거야

눈물이 마르지 않아도
이젠 그만 울어
네가 눈물이 많은 건
어쩌면
애절함이 슬픔으로
변한 것인지 몰라.

시대를 살다

널 보면
내가 작아져 간다
기다리는 것도 시간이야
오지 않으면 세월은 가는 거야

장롱 속 젊은 옷을 꺼내 봐
그리고 네 몸을 넣어봐
크거나 작거나
넌 시절을 살고있는 거야

시골 버스를 무작정 타봐
너만 있는 게 아냐
강아지든 닭이든
넌 같은 세상 가는 거야

길 가다가
밭매는
할머니에게 말 걸어봐
네가 걸어온 길은
인생 맛보기야.

밤이라 모른다고?

보이진 않지만
느낌이 더 중요해

낮엔 기계가 찍어
빈틈이 없지만
밤은 하나하나 만들어진
수공의 삶이라고 봐

낮은 현실을 살게 하고
모질기도 하지만
밤은 혼자만의 나름
비밀스러움
신비로움도 있지

내일을 미리 본다면
만족할지
더 실망할지
모르는 게
조금은 두렵지.

어쩌면 좋아

거미줄에 걸려
파닥거리는 잠자리
쉴새 없이 날갯짓해보지만
다리가 묶여버린

아직 시간이 있으니
거미집을 부숴
잠자리를 구해야 하나

내가 남자라면
잠자리를 구하고
거미집을 지어주겠지

바늘로 거미집 꿰맨다고
상처가 아물어질래나

거미는
몸에서 실이 나오는
누에 찾아
도움을 청할지 몰라

또 하나의 희생으로

누에는
번데기를 남긴 채
떠나야 돼.

어찌할꼬

쉬어가려니
그늘이 없구나
그늘을 찾으니
나무가 없다

퍼질러 주저앉았다
인생 탓이랴
애꿎은 땅만 치고 있으니

세상에 하나뿐인 나를 향해
모자란 게 많아도
절대 두고 가지 말라고
주저앉은 곳은
편히 쉴 곳은 아니라고
달리다가
정녕 숨이 찰 때
쉬어가라고.

새야

잿빛 하늘 날지 마라
갈 곳 없이 헤매일라
새야
혹여 동쪽 해 뜨거든
방향 잡아 날거라

바람 불어
날갯짓 힘들거든
산 아래 깊은 숲속에
쉬어가거라

새야
비가 오거든
거꾸로 둥지를 지어라
힘들어 지치거든
빈집 처마 밑도
아늑하단다

해뜨기 시작하면
먼 하늘 밑 무지개
일곱 개의 영혼이
널 지켜준단다.

별님, 해님, 달님

잠 못 이루고 창문 열어
나 혼자 몰래 하늘을 보면
그건 별빛이 창가를 찌르듯
내 밤에 와 있기 때문입니다

나란히 앉아
둘이서 날 보면
나는 밤을 사는 남자처럼
별과 달을 우러러봅니다

잠들면 달아나버릴 것 같은
이들은 밤새 친구 되어
번갈아 가며 서로를 알고 있습니다

새벽이 되면 아스라이
사라져버릴 것만 같은
이들은
해님 맞으며
곱게 보내주려 합니다

밤새 만든
우리의 추억은
따스한 아침 햇살과 함께
간직하렵니다.

위대한 생명처럼

한 줌 모래가
어찌 빌딩이 되랴
여린 봄꽃은
굴러내리는 큰 바윗돌
어찌 피하려나

한 줌 흙 속에서
막 싹을 틔우기 시작한
한 생명의 위대함

큰 바위틈
사이사이 뿌리 내린 소나무

세상없는 것을 찾아야
빛이 나는 것처럼
가지 않은 길을 가야
유독 위대한 것처럼

다 오지도
꽃이 아직 피지도
끝이 난 것도 아닌데
암울한 것은

내 기분 탓일까?
무거운 몸의 나른함일까?

미덕

온 우주의 힘을 빌려
나누어줄게
비록 처음 만난 날은
어머니 뱃속이었지만
태어나 살아보니
빚을 짊어졌구나

반쯤 가져갔으니
이제 내게 주게나
울타리 쳐 가두지 말고
문을 열어 들어오게 하고
남은 것들은
뿌리내리게 하여
울타리 안의 따스함도
나눔의 미덕도 함께함은
이제 남 주기도 아까운
네 인생이어라.

삶에 지친 나

행낭을 매어주니 일어나겠소
굳은 다리
쉬었으니 걸어보겠소

여러 날 눈뜬장님처럼
헤매이던 날
불빛은 바람에도 끄떡없고
둥둥 뜰 것 같은 난
천상의 신비를 받아
바윈들 어찌 무겁고
세월의 흐름 속에
인생을 어찌
길다 짧다 논하겠소

짊어진 행낭 속에
들어있는 인생만큼
남아 있는 양식만큼의
삶을 살고 싶소.

아직은 아냐

주먹을 쥐니 힘이 없다
물만 마셔도
하루를 살 것 같은 꽤 묵은 나이

어쩌면 소싯적 없을 때가 그리워
하루종일 먹어도
배가 고플 것 같은

쭈글탱이 씨감자도 싹이 나듯
늙어가는 주름에도 물이 흐를까
아직 걸음걸이는 휘어지지 않아
흰머리를 잡기보다
둘레길 열심히 돌아

고인 물은 쉽게 썩어
물꼬 터주고
쓰러진 고목은
여럿이 모여 치우며
웃음보다
눈물이 많아진 나이
작대기라도 버틸 힘이면
등지게에
노후의 꿈이라도 실어보면…….

어찌 살았소

철없던 어린 나이 빼고
어찌 살았나 물으면
오십 년을 나누어 봐야 돼

씨앗이 진주 되어
알알이 곳간을 채우고
땀방울이 결실 맺어
적금 부어 집도 사봤지

시골도 알고
도시도 알았으니
나 자신도 알아야지
받았으니
이제 주기도 해야지

눈이 나빠
안경도 쓰고
책도 읽어야지
주말이면 삽질도 하고
쌀밥에 보리도 넣어야지.

내가 늙거든

이것 보시오
혹여
염라대왕이 부르거든
마실 나가 보지 못했다
전해주고
옥황상제 부르거든
내 할 일 다 하면
찾아뵙겠노라 전해주시오

저승사자
직접 찾아오거든
문고리 잠가놓고
빗장도 걸어 못다 한 얼마 남지 않은 삶
고행의 길 참회하며
먼 길 떠나
선인 되어 돌아온다 전하시오.

성군

영웅호걸은
충신을 곁에 두고
자신을 믿어
의심치 않게 하여
재물과 벼슬을 주어
왕을 섬기고
따르게 한다

혹 잘못이 있다 해도
결코 내치지 않고
또다시
기회를 부여한다
백성들은 성군을 따르고
나라는 평온하며
태평성대로다.

길

세상이 불공평하다는 것은
네 근성이
부족하기에 문제지

악이 있는 곳에
벌이 있고
공정이 살아있는 곳에
아이들이 꿈을 펼치고
많이 태어나기도 하지

왠지 모자란 듯
채워지지 않은 욕심은
여러 갈래
찢어 나눔이지

성공이라 말하는 사람은
직접 길을 만들어 가고
그렇지 않음은
남의 발자국을 따라
조금은 쉽게 걸었지

근성은 뜨거운 심장이고
네게 길을 만들게 하지.

살아봐

지난 것들은
모자람이요
남은 것들은
풍요로운 거야

꿀벌은 낮에 일하고
밤낮을 가리지 않고
생사를 넘나드는
일벌이 있어

지나간 생보다
남은 삶이 더 많을지 몰라

깊게 내리는
뿌리는
열매를 바람에
내어주지 않아
조금 더 살아보면
알지도 몰라.

넌 왜 틀리니?

꽃병이 너무 예뻐
무슨 꽃을 꽂을까?
꺾어야 하나
꽃병엔 가끔
물을 넣어줘야 해

화분이 너무 예뻐
무슨 꽃을 심을까?
뿌리는 다듬어야 하나
화분엔 흙을 넣어야 돼

화병이 정말 예뻐
꽃이 그려져 있네
가끔은 먼지 닦아
선반에 올려놓으면 돼

화단이 너무 예뻐
네 마음대로 심어
나비 날으고
벌이 찾아오면
너무 가까이 가지마.

시골 소년 도시 소녀

외할머니댁 놀러 와
소녀는 부는 바람에
들판을 거닐고
소년은
일하는 아부지
막걸리 사러 간다

소녀는
개망초 한 아름 꺾어 들고
외할머니 부르며 뛴다
"뭐다냐?
밭에 가믄 웬수 같은 개망초
지천에 깔린 것을
뭣이 이쁘다고……"

소년은 어디선가
안개꽃 한 아름 안고 나타나
소녀에게 건네주고
심부름 간다
이왕이면
물망초 꺾어다 주지.

사랑은 모른다

밀어내려 애쓰지 마
설레이는 것
가슴이 미어지는 것

네가 너무 예쁘고
꿈속에서도 내 곁에 있는……

나는 사랑을 모르나 봐
달아나는 날
질긴 굴레의 끈으로 묶어놓고
하나하나 너 자신을 알리며
천천히 다가옴이
너의 사랑이었음을……

나는 네가 너무 예뻐서
가까이 가지 못했나
네가 오기 전까진
한 미련한 청년이었지

머리카락 한올 한올이
더없이 예쁜
옷보다 마음이 더 고운

내게 이제 더이상 달아나지 말라고
말할 때의 천사여!
부끄럽지만
너와의 사랑은
세상에 하나뿐일지라.

너 왜 웃니?

뭐 그리 좋아서 웃나
새는 울잖아
깃털을 뽑아
둥지를 틀던
이젠 임을 만나봐

알을 낳고 키우면
네 몸은 야위어가고
노래는 할 수가 없어

벌레 좇아 하늘을 날 때
노란 새끼 주둥이를 생각해

태어난 새끼들은
배부르다 노래하지만
비 오는 날엔 나가지 마
너의 야윈 몸이
비에 젖어 날지 못하면
임이 울지도 몰라.

사춘기

키가 부쩍 커지고
목소리가 굵어져
코밑에 수염이 검어져

부모님 말을 귓등으로 흘리고
학교 선생님 교육은 자장가지
저녁에 뭐 하고
학교에서 자나

가출은 예사고
이 세상 저 하나뿐인 양
컸다고 형하고 싸우고
고자질한다고 동생 때리고

제일 심각한 건 연애편지 쓰기지
뒤꽁무니 따라가다
여학생 오빠한테 뒤통수 맞고
"사춘기"
무서운 기간
병원에 가도 소용없지
시간이 약이다.

그리움만 남기고

커튼 뒤에 숨었나
숨어도 보일 것 같은
여러 날을 지나치다가
달빛 드리울 때 그림자 보일라
숨죽여 올려다보고

창문 열고 바람 쐬려나
그리움 한 아름 담아
가신 길이 어디든
쫓아가고픈 여인아

먼 길 갔다 해도
한 번쯤 모습 보일까
달밤이든 별밤이든
밤바람에
옛 향기 실려 올까

꿈속이라도
다시 먼 길 떠날까
잠 못 이루는 밤이다.

보고 싶다

내가 화단을 가꿀 때
너는 씨앗이었다
네가 막 싹이 텄을 때
나는 화단에 물을 주었지

네가 꽃일 때
나는 네 곁을 떠났다
정작 네가 예쁘게 자라고
향기를 내뿜었을 때
난 모습도 보지 못하고
향기도 상상이 안 된다

훗날 화단에 가보니
네가 있던 자리는
잡초만 무성하고

씨앗이라도 남았으면
다시 화단을 가꾸어볼 것을
널 본 사람이 없단다.

세모와 네모

세모가 네모에게 각을 세웁니다
네모는
세모에게 모났다 말합니다

뿔난 세모가
네모를 들이 밀치니
네모는 재빨리
상자를 만들어 벽을 세웁니다

지켜보던
동그라미는
세상 동글동글 살지
왜들 그리
모나게 살아.

남는 것은 글이오

당신은 나의 스승이요
가다 잠시 멈추고
펜은 하나의 도구가 되어
나를 뒤돌아보고
세상을 알아감이
기억보다는
글로 남기는 것이 좋더이다

나를 바꾸고
새롭게 가르침이 정녕 스승이요
이제까지만 알다가
이젠 내일을 보려 하고 있소

보는 것보다
남기는 것이 이롭고
지금까지의 모든 것보다
앞으로의 몇 년이
생애 더 많은 걸 얻을 것 같은
내 생각이
결코 틀리지 않기를
지금도 글로써 남기고 싶소.

동방의 삼월

삼면이 바다요
거침없이 비추는 빛은
어디 하나
어둠이 없소

몇십 년
붉게 닳은 쟁기로
갈아엎은 땅은
조상의 기백과
땅심을 바꾸지 못했소

수십 년 피땀 흘려 지켜낸
민족의 정기는
사대강 되어 젖줄이 되고
가는 곳은 마르지 않는
샘이 되어
산천초목 이루고

반도의 선인은
시대에 굴하지 아니하여
육신을 방패 삼아
후대들의 발판 되어
백의종군하였소.

꿈같은 생활

쉬임 없이 살아왔으니
푹신한
소파를 내어주려나
바쁘게만 살아온 세월
땀내 나는 저고리 벗어 던지고
열쇠 열고 들어서면
금빛 카펫이 깔려있고
투명한 유리잔에 와인은
너의 미소와 달콤함이
황홀한 밤이 되어

꿈속에서도 주연 되어
천년의 학이 날으고
백마는 날개 달아 달리고
천상의 용은 여의주를 물어
마치 시간이 되돌아
현실처럼
살아보고 싶은 맘.

어둠 속에서

멀리서도 네 무거운
발걸음을 느낄 수 있어
어깨에 짊어진
무거운 짐들은
어둠 속에
흩어질지도 몰라

달빛에 찍힌
네 발자국은
뒤따르는 동반자와
약속된 길인지도 몰라

밤새 쉬임 없이
지치지 않음은
네가 아침 해를 찾아
동반자와 함께였음일 거야.

나그네를 찾아서

굽은 길 따라가면
나그네 찾을까
피워놓은 모닥불은
식어가는데
산 너머 주막은
찾아들었나

희미한 불빛 따라
주막이 보일까

얼마나 많은 이야기를
그 봇짐에 담아 다닐까
마냥 걷던 길마다
무슨 사연 있길래
새가 아침 일어나 물어도
부엉이 자다 말고 물어도
묵묵히 길 가는 나그네

진작 발병 나
쉬어감도 하지만은
황량한 나루터에
사공도 없건만

저 깊은 강은
어찌 건널꼬.

취향

멈추어 있을 때보다
걸을 때
말할 때보다 웃을 때
언제나 예쁘지만
부스스 아침에 막 깨어있을 때

도시 여자
시골 여자
그중 날 좋아하는 여자

고개 돌리면
내 옆에 바짝 붙어 걷는 여자
어쩌다 맞닿은 손이
부끄럽기 전에 팔짱 끼는 여자

온종일 보고
다음 날 아침에 봐도
또 예쁜 여자
그 아름다움을
그 어느 누구보다도
처음 알게 된 나는
행복한 남자.

네 몸 생각해

몇십 년째
약 지어 먹는다고
네가 의학 공부한 줄 알아?
의사가 물으면
사실대로 말해야지
네가 더 아는 게 많아?
왜?
아파봤다 이거야?

주위를 돌아봐
의학 공부하는 동료들 많아
환자, 의사
박사들이야

의사 말 들어
넌 약 먹는 사람이야
의학 공부는 의사가 하게 놔두고
넌
운동이나 열심히 해

응급실 가봐야
정신 차릴래?

이젠 하나다

양 갈래길 숲이어도
못 내는 한 골짜기에

여러분 뜻이라면
그렇게 하지요

엉킨 실타래 풀며
한민족임을 알리고
동방의 해를 바라보며
온 세계를 떠받치고 있는
두 팔 벌린 한반도를
우리는 살고 있소

한낮의 소소한 다툼이라도
밤이면 술잔을 기울이고
아침이면
똑같은 해를 떠올리는
우리는 동반자 아니겠소

우리가 바라보는 희망
밤낮없이 비추어주는
반도의
해와 달이 있지 않소.

어서 갑시다

뭘 더 쉬려 하오
쉬었으면
이제 가던 길 가야지요

가랑비 멈추었으니
봇짐 들고 일어나지요

구름이 야심 차니
바람도 서서히 시작하는구려
소나기 내린들
몸이야 무겁지만
머리를 때리니
어쩜 시원하기도 하오

물이 고인들
젖은 발이 천근이지요
해님인들
어찌 마다하겠소
오늘은 먹구름의
기세가 등등할 것을…….

향수

조금 늦어도
돌아올 수 있는 곳이 집이다
사랑하고
싸우기도 하는
식구가 있는 곳이 집이다

몇십 년이 지나도
찾아갈 수 있는 곳이 고향이다
어릴 적 친구들과
물장구치고 놀던
추억이 있는 곳이 고향이다

살아가며 친구가 되고
싸우며 적이 되기도 하지

사랑하는 사람을 만들어
집으로 가고

의지할 수 있는
친구를 만들어
고향에 가자.

오염되지 않은 물

숨을 쉴 곳이 많아도
들꽃이 피는 널따란 곳에
뿌리를 내리는 삶이고 싶다

물이 있는 곳이면
삽을 들고
우물을 만들어
나누어 마시고 적시며
파란 하늘과 구름 사이
맑은 물이 흐르는 곳

농부가
몇 말의 땀을 흘려 만든 쌀이어도
맑은 물이 아니면
몇천 번을 거르고 걸러
밥을 지어도

땅속 흐르는 물을
어찌 혼자 지키랴.

나누어라

네 재능이 무지 많으면
내려놓고 풀어보아라
얼굴이 재능이면
우는 아이 달래보고
너의 몸이 재능이라면
춤도 추어봐야지

할 수 있는 일이 많아도
잠자는 시간이 반이라

사람이 많으니
보따리 싸는 시간도 오래 걸린다
나누면 정이 될걸
왜 굳이 짊어지려 하나
개미들이 모이면
순식간에 흩어질걸.

몸이 늙었지

시골은 고향을 낳은 어머니 품
늙어 병들고 고생이지
어디 음식이 성깔 부리더라

흙 묻은 상추 쌈 싸 먹고
새가 쪼아먹던
홍시 먹어도
병원 모르고 살았건만
땅 파고 풀 매느라
허리고 무릎이 고장 났네

빨리 가는 세월이 무섭지
어디 귀신인들 두렵겠나
그저 손주 놈 학교 가는 것 보고
못 배움이 한이 맺혀
짬짬이 쌈짓돈 모은 것
손주 대학 갈 때 쓰라 허고

이제 저승사자 찾아와도
두려울 것 하나 없지.

이제 가야지

두루뭉술하다 놀려도
여자이긴 하지
창피하지 않지만 화장 좀 해

출근할 때 거울 보고
지하철에선
얌전히 다리 모으고 앉아

회식할 때 술 좀 그만 마셔
네가 왜 건배를 먼저 해
냅다 술은 세 가지고선

성질머리만 고치면
너도 밉지는 않아
퇴근하고 한번 보자
옷도 사고
미장원에도 가야지
사십 전엔 가야지.

전봇대

전기가 흐르는 기둥
술 취해 밤새 싸우다 보면
전봇대가 우뚝 서 있어
도심 속 으슥한 골목길

손잡이에
옷을 벗어 걸어두고
주먹에 피나도록
밤새 싸우지
그 큰놈하고 말이지

어두운 골목길이라
말리는 사람도 없어
밤새 바둥대다
술 깨면 온몸이 쑤셔대고

나는 그때
그 큰놈하고 싸워서
이긴 줄 알고 있어
걸어둔 윗옷은
지금도 찾고 있어.

세상 가장 긴 글

걸을 때 발자국으로
쉴 때 지나간 바람으로
아플 때 마음으로
잠잘 때 꿈속으로
나는 쓰고 적는다

글을 알기 시작할 때
손가락으로 마당에 쓰고
연필로 공책에 쓴다

공간이라면 글을 쓰고 싶다
글이 말보다 많아 죄라면
아무도 모르게
숨어서라도 쓰고 싶다

읽지 않아도
오래 두어도 변치 않기에
창고에라도 쌓아두고 싶다

남긴 글들이
훗날 읽히길 바라며
먼 길 갈 때도
연필은 수레 가득 사고 싶다.

하늘로 간 꿈

갈댓잎을 꺾어 말려
아기자기 요람 만들고
순한 양의 털 깎아 깔고
잉태한 모든 것들을 받아
신의 계시인 양
천수에 몸을 씻고
옥황상제 내린 옷을 입고
천사를 맞이하여
신방 꾸미니

해가 지고
봄이 오려니
옥동자 태어나 요람에 담고
옥황상제 뵈러 가니
용오름이 솟아 천상에 이르고
하늘 잔칫상은 구름 위에 떠 있고
잘 익은 복숭아밭 아래
동자 안고 춤을 추니
그야말로
무릉도원일세.

날 물 먹인 사람

세상 사는 것이 두렵구나
쓰다 남은 힘도 가져가고
주머니 땡전 한 푼 없으니
어디 네 맘대로 해보려무나

그렇게 내밀던 오리발을
뼈있는 닭발로 만들어주고 싶은

미운 놈 떡 주기는커녕
발가벗겨 알몸으로
벌통 안에 집어넣을 놈
동그란 선인장 가시 위에 주저앉힐 놈

티 없이 맑은 햇살이
구름 앞에 주저앉아 비가 되고
간절한 사람 앞에
희생양이라
나는 더이상 믿음이 없어라.

내버려 두시오

내 보기에
편하게 누워있을 것들을
억지로 세우려 하지 마시오
그들은 바람이 불어 넘어진 게 아니오

뒤로 걷는다고
채찍을 들지 마오
거꾸로 매달린 인생도 있지 않소

꽃이 피지 않는다고
뽑으려 하지 마오
파란 잎만으로도
충분히 생기가 돌지 않소

세월이 빠르다고
하소연하지 마오
하루만 사는 놈도 있지 않소.

무리하지 마

요즈음
시대에 맞추어
젊어져 보자
가는 세월에
내 나이 듬뿍 떼어주고

밤거리 나가
찻집에 들러
아이스아메리카노 시켜놓고
힙합 율동에 고개를 끄덕인다

맥주잔 기울이며
시계도 벗어 던지고
역시 노래는 아이돌이야

취기가 올라오고
도시가 들썩거려 온다
나이트 입구에선
머리도 바꿔야지
주름살도 펴야지
역시 무리야.

행운을 먹어버린 염소

클로버
잎이 네 개면
행운이 온다네

부쩍 따스한 햇살에
들판 클로버 군락지
조금 더 자라면 가야지
행운 가지러
들판의 봄 클로버 군락지

앗!
클로버 군락지에
까만 염소 한 마리
부지런히 뜯고 있구나
이웃집 할매 키우는 염소 한 마리
행운을 먹어버렸네

염소야 너는
나의 행운을 먹어버린
행운의 염소야
할매가
널 거기에 매어놨단다.

두 개의 수레바퀴 - 김정현 제2시집

초판 1쇄 찍은 날 | 2022년 5월 3일
초판 1쇄 펴낸 날 | 2022년 5월 10일

지은이 | 김 정 현
펴낸이 | 최 봉 석
디자인 | 정 일 기
펴낸곳 | 동산문학사
출판 등록 | 제611-82-66472호
주소 | 광주광역시 남구 대남대로 340, 4층(월산동)
전화 | (062)233-0803
팩스 | (062)233-0806
이메일 | dsmunhak@hanmail.net

값 12,000원

ISBN 979-11-88958-56-6 03810